文字　**貝蒂・博嘉荷多**（Betty Boegehold, 1913-1985）

　　美國教育家、童書作家，著有《你可以說不──保護自己遠離傷害的繪本》、《爸爸不住這裡了》、「皮帕老鼠」（Pippa Mouse）系列。

繪圖　**河原麻里子**（河原まり子）

　　1948年生於日本石川縣金澤市。她原是平面設計師、書籍裝幀師，後來成為插畫家、繪本作家，也是JAHA認可的家用犬訓練師。代表作品有：《謝謝，從我開始……》（小熊出版）、《從狗狗身上學到的心課程》。

翻譯　**林佳慧**

　　東吳大學德文系畢業後，因鍾情兒童文學，赴日本東京於白百合女子大學兒童文學系所攻讀碩博士。現為該校兒童文化研究中心研究員、日本口承文學學會會員；也是培育日本故事媽媽的「昔話大學」成員，與日本北至北海道、南至沖繩的故事媽媽們長年保持交流。

　　2007年起為國語日報文學版專欄作家，解析日本民間文學與兒童文學。曾擔任學術論文翻譯及學術演講即席口譯。翻譯作品有《歡迎光臨我的穆斯林生活》（小熊出版）。

精選圖畫書

你可以說不
──保護自己遠離傷害的繪本

文字：貝蒂・博嘉荷多｜繪圖：河原麻里子｜翻譯：林佳慧

總編輯：鄭如瑤｜文字編輯：姚資竑｜美術編輯：莊芯媚｜印務經理：黃禮賢
社長：郭重興｜發行人 兼出版總監：曾大福｜出版與發行：小熊出版・遠足文化事業股份有限公司
地址：231 新北市新店區民權路 108-2 號 9 樓｜電話：02-22181417｜傳真：02-86671851
劃撥帳號：19504465｜戶名：遠足文化事業股份有限公司｜客服專線：0800-221029
E-mail：littlebear@bookrep.com.tw｜Facebook：小熊出版
讀書共和國出版集團網路書店：http://www.bookrep.com.tw
法律顧問：華洋法律事務所／蘇文生律師｜印製：凱林彩印股份有限公司
初版 1 刷：2017 年 5 月｜初版 2 刷：2017 年 6 月｜初版 3 刷：2017 年 6 月｜初版 17 刷：2020 年 4 月
定價：300 元｜ISBN：978-986-94518-3-3

YOU CAN SAY "NO"
Text Copyright©1985 by Betty Boegehold
This translation published by arrangement with Random House Children's Books,
a division of Penguin Random House LLC

TONIKAKU SAKENDE NIGERUNDA-WARUIHITO KARA MIWO MAMORU HON
Illustrations Copyright ©1999 by Mariko Kawahara
First Published in 1999 by IWASAKI PUBLISHING CO., LTD.
Complex Chinese Character rights © 2017 by Walkers Cultural Co., Ltd. / Little Bear Books
arranged with IWASAKI PUBLISHING CO., LTD. through Future View Technology Ltd.

小熊出版官方網頁　　小熊出版讀者回函

你可以說不

保護自己遠離傷害的繪本

文／貝蒂‧博嘉荷多
圖／河原麻里子
譯／林佳慧

小熊出版

在百貨公司

有一天，我和媽媽一起去買東西。

但是，媽媽突然不見了！哪裡都沒有媽媽的蹤影。

是她迷路了？還是我走失了⋯⋯

我該怎麼辦？大叫或大哭？
還是自己四處去找媽媽呢？
不，不行這麼做。
如果陌生人走過來，對我說：「走吧，我帶你去找媽媽。」
應該跟他走嗎？
不行，絕對不能跟陌生人走。

我要找媽媽。

對了！媽媽曾告訴我走失的話，向最近的店員求助。

我對店員說：「請幫我找媽媽。她姓林，戴著咖啡色眼鏡。」

她一定會幫我找到媽媽。

店員打電話給某個人，接著聯絡了走失服務處。

哇！他們找到媽媽，媽媽找到我了。
「太好了！」媽媽抱緊我說。
我告訴她：「嘿！媽媽，別再把我弄丟嘍！」

在公園

我騎著新腳踏車到公園。

每個人都盯著我瞧,這感覺真好!

忽然,一名男子走向我。

我認識他嗎？但他一直笑咪咪，看起來很親切。
「哈囉！阿新，我剛接到你媽媽的電話，要你趕快回家。
走吧，叔叔載你回家。」

「叔叔，我媽媽坐在那邊的長椅上，我現在叫她來喔！」
接著，我大喊：「媽媽！」
大家都往我們這邊看，結果叔叔跑走了。

我開心的笑了，媽媽根本不在長椅上。

我騙了那個叔叔，因為我知道他說謊，我不叫阿新，我是小健。

而且那個叔叔肯定不知道，小孩都被叮嚀過不能跟陌生人走。

他應該是壞人。

我要趕快回家，告訴家人剛才發生的事。

在公寓大樓

每天一早，我都會到一樓的信箱拿信。

「你好！」我對郵差說。

「早安！」我對管理員說。

但是，我不會對打掃的伯伯打招呼。

我不喜歡他對我說話的方式，也不喜歡他看我的眼神。
他還說我是他的「小寶貝」，我覺得很不舒服，
只有爸爸媽媽可以叫我「小寶貝」。
今天早上，我經過一樓轉角去拿信時，撞到了那個伯伯。
因為撞得很大力，我跌倒了。

他扶我起來，問：「我的小寶貝有沒有受傷啊？來，讓我看看。」
然後一邊說：「乖孩子，乖乖！」一邊拍我的背。
我不喜歡他對我做的動作，很不舒服。
伯伯開始摸我的身體——背、胸部、腿……
他嘗試摸我的兩腿之間，我好害怕，努力用手推開他。

我大叫：「住手！」
然後盡全力逃跑，伯伯在後頭不斷叫我。
「回來啊！妹妹，我會送你洋娃娃喔！」
我只是不停的跑，逃到有媽媽的地方。
媽媽緊緊抱著我，因為我一直哭。
我該如何告訴媽媽發生什麼事？

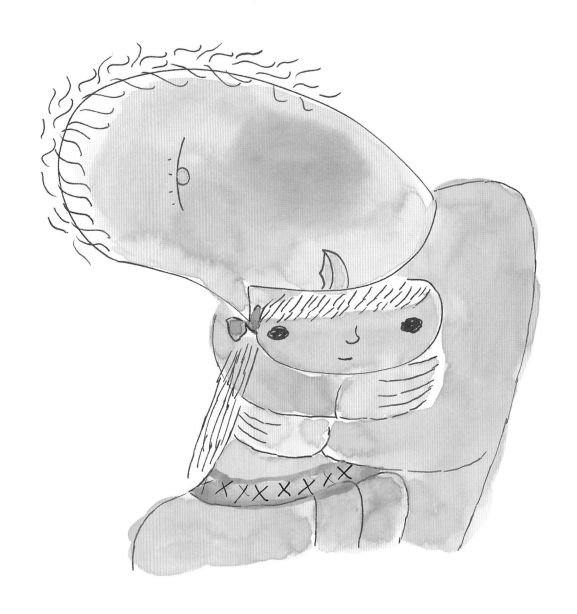

媽媽把我抱到膝上，輕聲說：
「小寶貝，怎麼了？有什麼煩惱
都可以告訴爸爸媽媽，跟媽媽說吧！」
我把所有的事情都告訴媽媽。
她緊緊摟住我，說：「你沒有錯，從今以後不論發生什麼事，
都要記得告訴媽媽喔！」

媽媽說接下來交給她和爸爸處理。

媽媽還告訴我：「不論是誰，都不能那樣摸你的身體。」

不論是誰，都不行！

這是我自己的身體，不論是誰，

都不能用我不喜歡的方式碰我，

不論是誰，都不行！

在飯店

終於抵達飯店了，我好冷、好餓，又好累，真讓人煩躁。

大家都在忙，媽媽爸爸正在搬行李，

姊姊在安撫哇哇大哭的弟弟，弟弟的哭叫聲就像警報器一樣響亮。

想必弟弟也是又冷又餓，很不耐煩了吧！

遊戲區在哪裡呢？

我在走廊上找尋，有個男生叫住我：「小弟弟，怎麼啦？」

我告訴他我在找遊戲區。

「這個房間裡有很棒的遊戲喔！快進來看看吧！」

那個人走過來，抓住我的肩膀。我不停的扭動身體。

但他緊抓不放，想把我推進房間裡。
「爸爸！媽媽！」我大叫。接著用力踩了他的腳尖。
爸爸媽媽跑過來，
那個人也跑了起來，爸爸媽媽追上前。

姊姊對我說：「你真機靈！」
但我回她：「我哪裡機靈了？一開始我就不該和他講話。」
之後，姊姊抱著弟弟，我們一起去找遊戲區。

電視新聞上

「一名男孩下落不明,不排除已遇害。」新聞主播說。

我問爸爸:「什麼是遇害?」

爸爸告訴我是指某人被其他人傷害。

主播說,專找孩子下手的壞人,可能已經傷害了這個男孩。

「可是,壞人如何把男孩抓走呢?」我問。

爸爸坐到我身旁，對我說：
「小寶貝，仔細聽好了，陌生人裡有很多是好人，但也有想把你
帶走、想摸你身體，或把你抓到車上的壞人。你要小心喔！」
「如果碰到這種情況，我該怎麼辦？」
「無論如何盡全力的逃跑，逃到有爸爸媽媽的地方，
也可以找警察求助。不能和想把你帶走的陌生人說話，
也不要靠近他。總之，不能跟著他走！」

「那個小男孩跟著陌生人走了嗎？」

「可能吧！」爸爸難過的說：

「可能沒有人告訴他，不能跟陌生人走。」

「為什麼陌生人要傷害小孩呢？」

爸爸搖著頭說：「不知道，

他們的心理扭曲，因此千萬不能接近他們。

即使不認識的人對你說，受到委託來帶你，也不行喔！

爸爸媽媽絕對不會拜託一個你不認識的人。

還有，也不能因為是常去的店，

或是認識送信、送包裹的人，就跟著走。知道嗎？」

「我知道了，爸爸。」我回答：「但我有點害怕吔！
如果壞人來抓我時，我該怎麼辦？」
爸爸抱緊我，微笑說：
「只要你遠離陌生人，誰也不會抓你。」
「記住了，若有陌生人和你講話，你可以不用理會。
即使他叫住你，你也不能靠近他！
還有，無論何時都不能搭乘陌生人的車。」我答應爸爸。

在親戚叔叔家

由佳是我的好朋友，我們每天都一起玩。

今天，由佳看起來有點沉默、害怕。

我問：「怎麼了？你可以告訴我喔！」

由佳搖頭，不發一語的盯著地上。

「到底發生什麼事了，我們不是都無話不說的嗎？」

我又問了她一次。

「昨天下課後，亨利叔叔來接我去他家，他說要和我玩遊戲。」
由佳邊說邊看著自己的襪子。
「玩什麼遊戲？」我問。
由佳快哭了，最後終於開口：「令人討厭的遊戲，
我們脫掉衣服，然後叔叔對我做了我很不喜歡的事情。
之後，叔叔給了我蛋糕和玩具，但是我根本不想玩那個遊戲……」

「由佳，你可以拒絕，不玩這個糟糕的遊戲。
叔叔真是個壞人！」
「我也很壞，」由佳哭了出來，說：
「我不敢告訴媽媽，她一定會覺得我不乖。」
「才不會，來吧，我和你一起去告訴你媽媽。
她一定不會責備你。」

由佳媽媽看到她在哭，於是問：「小寶貝，怎麼了？」
由佳哭得很傷心，所以由我向由佳媽媽敘述事發經過。
「亨利叔叔對由佳做了很過分的事。要求由佳脫掉衣服，
還要她一起玩糟糕的遊戲。由佳覺得你會責備她。」
由佳媽媽聽了大吃一驚。
她緊緊抱住由佳，說：「我怎麼會責備你呢？你一點都不壞，
壞的是亨利叔叔！告訴媽媽究竟發生什麼事。」
於是，由佳告訴了媽媽一切。

「我很高興你們把事情告訴我。」由佳媽媽說：
「如果有誰，對你們做了你們覺得討厭的行為，
即使對方是親朋好友，你們也要隨時告訴自己的爸爸媽媽喔！
對孩子玩奇怪遊戲的是壞人，要遠離他們。
而且你們都有權利說『不要』和『住手』。
試著大叫，還有逃跑，知道了嗎？」
「嗯，知道了。」

「我是不是還得再看到亨利叔叔？」由佳小聲的問。

「當然不用呀！現在，你們要不要幫忙一起榨果汁呢？」
由佳媽媽說。

「看吧！我就跟你說了，你媽媽一定不會罵你。」
由佳微笑了。

給家長的話

文／貝蒂・博嘉荷多（本書作者）

對父母和監護人來說，雖然不容易，但有必要事先告訴孩子如何保護自己，遠離誘拐和性侵害的方法。

我們要求孩子遵從大人吩咐，相信他人這些事，有時卻容易讓居心叵測的大人有機會對孩子下手。

本書的目的在於告訴孩子如何運用常識和判斷力，在遇到緊急狀況時，有能力從危機逃脫。

父母和監護人需了解以下幾點事項：

平常要先教導並與孩子討論的事

1. 若被抓住，或被觸摸身體的時候，要大叫和逃跑。請和孩子一起試著演練防衛動作。
2. 不要告訴陌生人自己和父母的名字、家裡電話號碼，還有地址。
3. 如果有人要給禮物時，應該怎麼做？
4. 遇到狀況時，該向誰求助？該往哪裡逃？
5. 縱使對方是大人，但當被強迫做不喜歡或不舒服的事時，孩子有權利說「不」。
6. 若孩子捲入什麼事件，即使被要求、警告「不准告訴任何人」，仍隨時可向父母或周遭信任的人反映。

被性侵的警訊

接下來提到的徵狀，若符合超過兩項，請一定要問孩子，是否發生什麼不尋常或令他討厭的事。如果孩子回答沒有什麼，也請不要責備。

1. 孩子平時很喜歡又信賴的人接近他時，孩子顯得惶恐不安。
2. 不清楚「性」這件事的孩子，突然開始談起性行為。

3. 突然開始關心生殖器。
4. 出現極度害羞、不高興、害怕、纏人、突然哭出來……之類的情緒行為變化。
5. 如廁、睡眠、用餐……行動上，出現了重大變化。

若孩子遭到性侵害

1. 首先，請全盤相信孩子所說，極少孩子會撒謊被性侵。
2. 請先冷靜。過度衝動，並且暴力的反應會使孩子心慌不安。
3. 向孩子清楚表明「你一點也不壞」、「不要擔心」，這樣的語句和態度讓孩子放心。
4. 請告發加害者。

親子交談可成為一道防範之力

一邊共讀這本繪本，一邊和孩子交談時，提到身體部位的名稱，請不要使用俗稱，而是使用正確的名詞。比方說，男孩的生殖器為陰莖，女孩的生殖器為陰道，臀部後方的洞孔為肛門。

透過使用正式名詞，家長較能不含糊並冷靜的談論這些議題，孩子也能認真面對這個課題，一起討論關於身體被觸碰，感覺討厭、不舒服的問題。這對避免遭受性侵，成效顯著。

我認為孩子也希望不論什麼事情，都能和父母親商量。當面臨不尋常的困擾時，自然會想告訴父母，尋求協助。親子共讀《你可以說不》，一起討論如何以智慧來防止性侵害的發生，孩子也能藉機了解父母的想法。

請務必牢記，能和父母討論這些議題的孩子，較不易受害，才能保護自己。請善用《你可以說不》，作為親子討論的素材。

警察先生獻上的讀本 文／安藤由紀（日文版譯者）

1996年的夏天，我在加拿大修習關於性虐待後的心理治療方法。

有天早上的授課講師，是隸屬學校的女性生活輔導員和年輕男警官。要取得加拿大學校的警官資格，必須修畢大學和研究所課程及關於兒童心理的課程。

從防止受虐到實際受害的應對方式，及案發後的刑事訴訟，都是由生活輔導員和警官共同行動合作。研修最後一天，年輕男警官遞給我一份資料，告訴我這是加拿大學校課堂上讓孩子們閱讀的補充教材，正是本書原著影本。

在百貨公司迷路、在公園被陌生人叫住，或被性侵時該怎麼辦？這本書以詳細易懂的方式，寫下大人總是擔心，卻無法好好告訴孩子的內容。我正在找的就是這樣的書啊！

我和朋友組成了CAP（Child Assault Prevention，教導孩子權利意識，保護自己不受欺負、誘拐及性侵的組織）日本分部。在這之前，我在受家暴女性的自助團體，擔任講述關於傷痛情緒的會談主持。性侵是個一直存在的問題，人人知曉，卻誰也不想提出的話題。

每當受邀至CAP演講時，幾乎都會遇到擔心自己孩子被性侵的大人。生活當中，學校、補習班和社團等，也發生不少的性侵案例。

我接到的提問大多來自有女兒的家長，但男孩受害的案例也相當常見。1994年，日本性教育協會曾進行一項全國性調查，調查結果顯示4944名的國中至大學學生，有55%的女孩，以及19%的男孩曾遭受性侵害。受害的女中學生裡，有53%受到陌生人侵害，受到認識的人（包括父母以及教師在內）侵害則高達47%。

很遺憾沒有日本學齡前和小學生的統計數據，但根據美國的調查，來自認識的人侵害案例不斷增加，並且男孩的受害率也逼近女孩。

日本文化自古以來教導人民，即使是陌生人也要善以待之。當我以孩子受暴為題，談論教導如何防範時，就會有不少人唏噓嘆息：「到了這麼糟糕的時代了。」但這並非單純是孩子受暴案件激增的結果，而是迄今一直被牢牢塵封，不願碰觸，因為近年人權意識高漲，受害者發聲的機會、管道增加，問題因而浮出水面罷了。

如果你在某處叫住一個不認識的孩子，他不但不回應，反倒驚慌失措逃跑，不要難過。請試著這樣想，啊！那孩子被大人告誡過了。如果看出這孩子彷彿面臨什麼困擾，請不要計較孩子先前的態度，再試著叫住他看看。

年幼孩子迷路時，不要亂跑，待在原處，或向帶著孩子的家庭、帶著嬰兒的母親開口求助，獲得協助的機率都很大。除此之外，必須一個人看家時，若門鈴響起，絕對不要開門，或可以說：「爸爸正在睡覺，請等等再來。」以上是我認為有用的方式，請各個家庭預先訂好類似情境的防範方法。

萬一孩子真的受害，或察覺可能有受害狀況的時候，請和當地的兒童諮詢處、受害者協詢處，或孩童受虐防治中心聯絡。

也許大人對訴諸於法有所抗拒、排斥，但為了要保護孩子所採取的態度和行動，對孩子的心理治療來說是非常重要的。

周遭的大人並非都是壞人，專找孩子下手的也只是少數，但還是要告誡孩子現實生活中確實存有壞人。為了孩子遇到困難，及切身危險逼近的那一刻著想，請念這本書給孩子聽。

防患於未然，你可以教孩子保護自己

文／吳冠穎（勵馨基金會新北分事務所 目睹兒少社工）

「性侵害」一直以來都是最難說出口且最複雜的社會議題，根據衛福部統計，近五年每年平均通報案量約一萬四千多件，勵馨基金會推估在臺灣每三十七分鐘就有一件性侵通報，無法求救、未通報的犯罪黑數恐達上萬人。

在陪伴孩子學習如何遠離危險時，除了告誡孩子不要隨便跟陌生人說話、不要隨意相信陌生人，更重要的是，讓孩子自己學會辨識與人互動中「應該有」與「不應該有」的行為舉止。並非只有陌生人會傷害自己，調查顯示有七成的性侵害發生在熟識的人之間，所以不論對象是誰（家人、師長、同學或陌生人），孩子都需要學會保護自己的身體。

然而，什麼時候適合教導孩子如何保護自己的身體呢？大部分的孩子三歲起就會認識身體，家長能從他們開始認識各部位的名稱，包含生殖器及隱私部位，幫助孩子建立「身體自主權」的觀念。

什麼是自主權？就是有自己做主的權利。譬如在學校向同學借用他的鉛筆，需要先詢問他，因為那是他的，只有他能決定是否借出鉛筆，這就叫作「自主權」。

同樣的，我們的身體也是自己的，不管是誰，即便親密的家人、老師或有權力的長輩，若要觸碰孩子，都需要經過孩子的同意，尊重其主體性，大人不可堅持己見，或認為孩子不懂人情世故，進而強迫孩子接受，大人們應要認知孩子也有拒絕的權利。

身體的紅綠燈由我決定

孩子了解身體自主權，懂得只要他不願意的碰觸，都可以說不，並透過身體紅綠燈的分類，由孩子自己決定自己的身體界線在哪裡。

- 綠燈：經過詢問後，「我同意可以」觸碰的部位。
- 紅燈：經過詢問後，「只要我不同意，就不可以」觸碰的部位，即使是與我關係親密的人也不行。

「身體界線」即是每個人能夠忍受別人碰觸的限度，每個人對於可被碰觸的範圍和尺度不同，有人可能覺得肩膀是朋友可以隨意碰觸的部位，但有的人會覺得肩膀是不可以被碰觸的部位，所以我們需要教育小孩去學習尊重每個人不同的界線，不侵犯、不越界。

當別人超越了自己的身體界線時，孩子可以怎麼做？

- 以身體姿勢閃躲、迴避，移動位置，離開現場。
- 以言語直接表達拒絕，並斥責對方的騷擾行為，大聲呼喊求救。

在生活中要常告訴孩子，沒有任何人可以傷害我們，即使是爸爸、媽媽也不可以，同時鼓勵孩子自己有能力和權力保護自己的身體，學習保護身體的隱私與辨識身體界線。就算是跟同伴一起玩耍，有些事情也是不能做的。

以往許多家長都會認為有女兒才要擔心安全的問題，生兒子就可以省去這擔憂，其實並非如此，近幾年調查顯示一百個被性侵害的人當中，就有十五個是男性，所以不管是男生、女生，都應該學習保護自己的能力。

《你可以說不》一書可以幫助親子展開話題，正式且不含糊的教導與討論，才能夠保護孩子，防患於未然。

打破誤解，
讓孩子懂得遠離傷害

文／鄒凱詩（香港臨床心理學家）

香港的學校及家庭教育常常會忽略性侵害的預防教育，家長以為「這種事不會發生在我家」，實際上香港過去五年平均也有兩百七十至三百五十宗的兒童性侵害個案，相信這只是冰山一角，不被發現或不被舉報的應該為數不少。

很多來向我求助的家長對此課題也感到束手無策，首先，先來釐清我們對性侵害常有的誤解：

誤解1：性侵害只包括身體接觸的行為。

性侵害還包含沒有身體接觸的行為，如：向孩子露體、要求孩子露體、勉強孩子看色情影片、拍攝孩子裸體的照片、向孩子透露自己的性需求、提出性要求、利用孩子從事色情行業，或在孩子面前進行性行為⋯⋯都算是性侵害。

誤解2：只發生在年齡較大的兒童及女孩身上。

性侵害會發生在任何年紀的孩子，甚至是幾個月大的嬰兒身上；男孩也可能被侵犯，只是女孩的比例較高。

誤解3：性侵者多是陌生人，不讓孩子外出，便不會遭遇不測。

進行性侵害不一定是陌生人，性侵者可能是孩子熟悉的人，如：父母、褓姆、親戚、兄弟姊妹、長輩、鄰居、家人的朋友等，利用孩子的信任犯案。

誤解4：性侵者只是為了發洩性慾。

滿足性慾只是性侵者其中一個目的，其實大部分犯案者都是為了滿足權力感，藉由侵犯比自己弱小的人來消弭生活上的壓力、挫折，以及本身的自卑感等。

誤解5：孩子該有天真的童年，不應讓他們太早知道「性」的問題及人間醜惡。

讓孩子明白生活中，確實有傷害孩子的成人，教導他們何謂性侵害，才能幫助孩子加強保護自己的能力。

家長平時在家即該進行教育，讓孩子明白自己擁有身體的自主權，泳衣遮蔽的部位就是我們的私人部位，只有某些人可觸摸，如：醫生檢查身體，這就是安全的接觸。我們有權拒絕任何不友善的接觸或要求。

孩子被性侵可能會有以下徵兆：發惡夢、失眠、倒退行為、性器官發炎、性病、懷孕、擁有多於應有的性知識，畫人像畫時包括性器官、害怕單獨、逃避與人眼神的接觸、害怕接觸某人或到某地方、恐懼、悲傷、自殘、食慾不振、過度自瀆、學業成績顯著改變、對被觸碰反應過敏等。

遭受性侵的傷害十分深遠，包括自卑、長期抑鬱、自毀傾向、脾氣暴躁、對人不信任、難結交朋友、吸毒、酗酒、性生活隨便等，故此家長及老師不僅要保護孩子，更要教導他們保護自己。

誘拐、性侵害可能發生在任何的時間、地點，如家裡、學校、公廁、小巷等地方，孩子要儘量避免落單，並且必須具備察覺危險的能力，學會如何應變。

《你可以說不》是一本十分實用的好書，生動的描繪不同情境，教導孩子遠離傷害的常識，更增強他們的解難能力。